吾平——著

桃源诗篇

长江出版传媒

长江文艺出版社

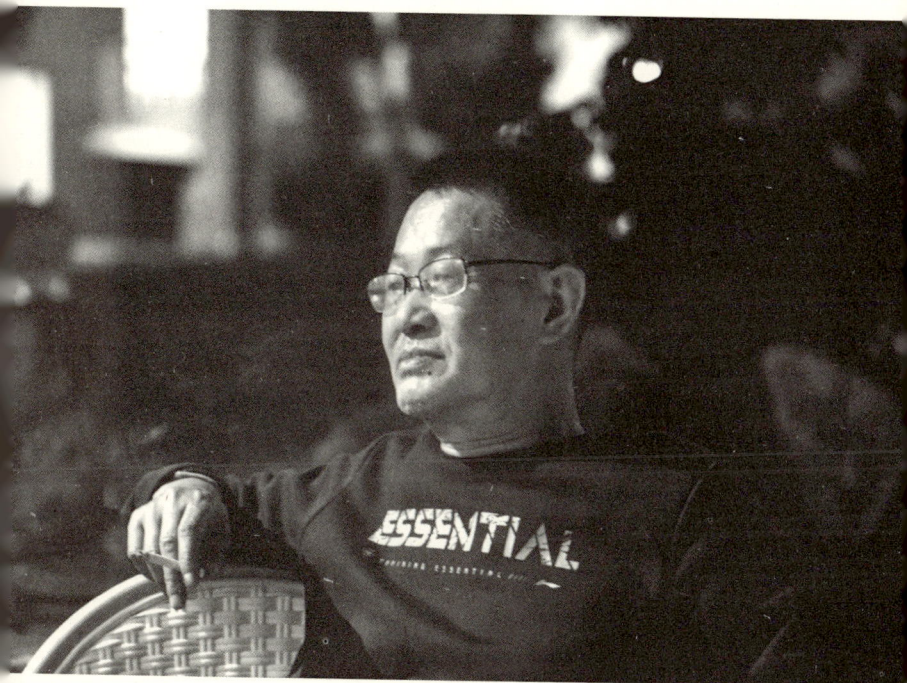

看 开 了 ， 花 为 谁 开 ；

看 淡 了 ， 心 花 如 海 。

—— 吾平

目 录

序诗

陶渊明写过
序《桃花源诗》
虚构了一个世外仙境
寄托着他真实的内心

现在让我来写
序《桃源诗篇》
在现实中真切的感受
与诗相伴，人生美好

桃花

那风，很执着
不需要你同意
这个春天你必须开放
去比喻女人的脸颊

很美

黄昏很美
你的脸颊也一样美

星星很美
你的眼睛也一样美

太阳很美
你的心灵也一样美

静坐

那个下午
阳光很美很惆怅

我静坐岸边
看鱼

直到晚霞漫天
仿佛在此等候千年

送诗人于坚过琼州海峡

大海边
你站在前面
前三秒看波涛澎湃

回头一秒看我一眼
最后两秒给海风留言

附于坚贺信：

　　一日，海南诗人吾平送我过琼州海峡，素昧平生，因我写诗而相遇，话多投机。此时代风气，礼物，唯余物也。吾平送我他的诗集，这是古风，他有点害羞。翻开之，其诗朴素清简，皆有感而发，非巧言令色之辈。值他作品讨论会在海口召开之际，写此信，以表贺之。

剩

一棵树
孤独地站在
原野中央

一个人
背对大海
想遥远的漆树湾

猫诗人

有一天
猫写起了诗

它在夕阳的柔光里
站在一切喧嚣之上

昂首挺胸
读它的诗

喵，喵
喵喵喵

二月

吉祥的二月
如意抚摸着小镇暖阳

三花小猫
头枕海风睡在瓦砾上

匆匆过客
可否歇息下老爸茶坊

感受猫的温柔
晒一下心底的小太阳

春日

桃花甜蜜了清风
油菜花不紧不慢

燕子在庭前兜圈儿
春天该来还是会来

每个幸福的人儿
都要用力地去爱

回声

回声来自桃花源
白云红叶，倦鸟归林

是什么阻碍了视线
一些风景黯然失色

大地抱住燃烧的桃花
人间似少了一分哀愁

三月断想

三月，你是正人君子
一颗素心画出春天

三月，你是如风的少年
轻狂是你最后的浪漫

三月，你用善良喂食人间疾苦
用真情担保人间万千宠爱

清明

日月
在大地上写下
光阴的沧桑

飞鸟
在天空上写下
自由的渴望

我
在时光里写下
最好的样子

惠州西湖

雨
在桥上

细柳
纤纤

在桥上
邂逅

惠州西湖，2018年
有
一道
美丽的彩虹
在九曲桥

思绪的瞬间

1

一生越走越远
我的诗总是眷恋故土
总有人从那里来

2

世界太小
我的寒舍却很大
有猫，有鸟，还有爱的人

3

一只小鸟在楼群的幸福中
迷失了方向
城市在雨中消失

4

爱在日常
爱在不经意
你却把我遗忘

5

还记得吗
所有的日子
梦是心跳的花朵

6

我走过千山万水
整个下午我沉浸在
瀑布、飞鸟
山水和晨曦

7

浪花里有故乡的云
涛声里有故乡的河
身在他乡心在故乡

8

如果天空没了云彩
日月星辰没了容颜
大海还有潮起潮落吗

9

成功本无捷径
相信的人多了
便有亡命天涯

10

你，最动人的便是孤独。

11

喝，海南老爸茶
淡如清风的芬芳
闲适人生的真谛

12

某个午后
鸟儿飞走了
留下一片天空……

13

这，简单的意义
是风
如此之近

乡村傍晚

时间会变换颜色
这橘子味的日落瞬间

时间仿佛镀上了金
我在诗歌里贩卖美

听，鸟鸣、风声、笑声
如果累了就歇歇脚

四月心语

——少年法庭辩论有感

1

我喜欢听孩子随口说话

我喜欢观大海无门无派

因为孩子尚未丢失自我

因为大海早已放下高山

2

我喜欢清晨醒来的四月

我喜欢黑夜入睡的星空

因为阳光的无言却明媚

因为星空的无尽却思念

3

真正的波涛汹涌

我们在心底深处

真正的云淡风轻

我们却视而不见

写给自己

我离开故乡的小河
背负着所有的苦难

为了你，苦苦追求
房子、车子、面子

妈妈曾悄悄告诉我
再多余额换不来长命

今年心有点冷，年夜饭
饭桌上不见我的娘和爹

未来日子增添几分愁绪
父母成了我永远的思念

记住

总而言之
千万千万
不要当诗人
特别是
一个狭隘的
诗人

诗人戴望舒

他思想里有优雅的美
正如他诗里所虚构的景色
寂寞的诗行带着透明的忧郁
我们都是古老王国的
梦幻症患者
他虽过于忧伤，但令我感动

给年轻诗人的忠告

相信诗歌
学会生活

天地良心
如花似锦

传说中的美

传说中的美
总被有用的现实迷惑

爱情航母
总被婚房和金子击沉

绿水青山
总被房地产假象蒙蔽

晴空万里
总被梦幻的云彩包围

美不是目的
它是每个人心中风景

路过潭牛花海

牛儿头顶一汪蓝天
小鸟歇息在牛背上
飘荡着绿草的清香

看开了，花为谁开
看淡了，心花如海
何时不是春暖花开

蓝

海南的椰子，炽烈纯净的海

悠扬嘹亮的歌

在大地上弹奏出绝响

你好，五月

每年五月的某一天
我都要接到妈妈电话
"别忘了明早起床，
吃两个煮鸡蛋。"

这五年，五月的某一天
再也不见来电铃声响起
再也听不到
她喊我生日吃两个煮鸡蛋

搜索出妈妈名字号码
158×××××××××，拨不出
却怀念儿时吃到她煮的
生日鸡蛋，又香又甜

一颗诗心

我喜欢打开一本书
词语醉醺醺地飘浮

诗情画意只是点缀
烟火油盐才是幸福

你的日子里盛开着玫瑰
我的日子有花茶酒飘香

为你好

这辈子
最动听的
有三个字

最难懂的
有三个字

最难做的
还是三个字：
为你好

在未成年世界
都表示非常好

在成人世界里
寓意却颠覆了

唯有一个人说
那真是为你好

因为她

只叫你乳名

山巅眺望

黑夜嬉戏
山色如酒

醉意蒙眬
四周扩散

我寻找你
在山之外

时光流逝
草木一秋

问答

那天，我问诗：
"在贫穷与富贵之间
你选择跟谁一起呢？"

诗不作答
叫我去问山

那天，我问诗：
"在欢乐与忧伤之间
你选择跟谁一起呢？"

诗不作答
叫我去问水

我问过山，问过水
它们神秘地点点头
指向天空与大海

太阳

因为你从不弄是非
缔造世界的分明黑白

因为你知道去哪儿
全天下都是你的道路

因为世界有了你
人人向往光明的生活

因为日落又日出
美好的事物不断发生

莲

湖上，莲花染上了胭脂
厚重如纸，盈盈绽放

我站在桥上
仿佛听到心中一阵窃喜

守望

一间木屋，依山傍水
一亩三分，有田有土
做个乡人，守望蓝天

守望乡土，不给城市添堵
做个乡人，也算千万富翁

　　注：记得前年回到故乡四川漆树湾，看着长期无
人居住的祖屋……不禁怀疑自己的人生是否能够改变
回归与守望的脚步，于是写了这首诗。

梦回故乡

小时候
故乡从未嫌弃我
无用无知

长大后，故乡
越来越远
乡音乡情却一直伴随

人活一辈子
最苦莫过于繁华落尽
梦回故乡

心灯

我的母亲
在我心房里提着一盏灯

我常常点亮这盏灯
想你

漆树湾

还记得漆树湾吗
大盘沟的漆树湾

湾里有山有水有人家
还有满山柏树成茂林

十来户上百口人
热闹了二百多年

我的祖宗最早来到漆树湾
是湖广填四川的年月
在这里拓荒创业
在这里休养生息
一代又一代

还想漆树湾吗
祖祖辈辈生活的地方
上山种粮，下田插秧
抓鱼摸虾，砍柴放牛
一年又一年

漆树湾，我的故乡
山前是祖屋
房前有田园
周边还有小河淌过

三天

昨天

是道无答案的主观题

今天

有许多答案是我和你

明天

美妙的旋律才刚响起

随想

我们是否偏离道法自然的轨道太远？

我们是否重新拜大自然为师，怀揣敬畏之心，万物皆有灵，不要互相伤害，不要互相游戏……

万物之间皆有因，少些征服自然的欲望和野心，多一点关爱身边的一草一木、一石多鸟以及小狗小猫咪们。

比如，善待因孤独干净而美好的猫咪，真诚地叫它一声"猫先生"，又会有多美妙呢？

毕竟，孤独是干净的，或许孤独成一首诗。

函谷关

春去秋来五千年
老子出关魂归来
2020年若隐若现

函谷关
老子天下之一二
上善若水的源泉

函谷关
大青牛的函谷关
道法自然的孤山

风与雪

你知我冷暖

我知你不易

光阴的故事与剧情

早晨醒来

无语的阳光不请自来

给大地以生机，给万物以明媚

昨夜的你

泣不成声化作尘埃落地

给时光以生命，给生命以温暖

不要悲伤

不要哭泣

不要得意

你会发现太阳依然升起

把往事留给天空

把美好留在心里

让蓬勃的生命力贯穿始终

让生活的分秒都充实无比

椰子

夏日，打开一个椰子
喝着椰汁
那甜那清凉入心

人活着是幸福的
可以品尝人间的果实
酣畅淋漓

来生还要来这世间
尝遍所有的果实
好好地，爱一个人

栖居地

房田房屋
吴越炖菜
撒点椒麻辣烫
俪人婷养生馆

楼兰酒庄
兰州拉面
郁医生诊所
花之缘鲜花店

开个小店不易
一店门前一诗意
把早晨和傍晚留给自己
一家老小的日子放在心

活成一头牛并非易事

如果修行
下辈子想做一头牛

做牛止语
饿了吃山间野草
人类把牛当苦力
它仍然埋头前行

当人类饿了
最后把它当食品
它即使心有不甘
至死不与人争辩

牛活一辈子
把一身交给了人类
即使苦了累了老了
始终保持低调本色

牛活一辈子
活着，功德无量

死了，流尽最后一滴泪
上餐桌，千年习惯未变

唯有老子骑青牛西出函谷关
隐喻着什么秘密，在牛背上

魔咒

——兼致那些"点火"的人和事

那年清明祭祖
带上香火、鞭炮、祭品
一切尽在不言中进行
把思念、问候、祈祷
一一化作烧纸钱传递
庄重肃穆，青烟袅袅

一阵清风吹来，回头看
火苗蹿起来熊熊的火焰
周边的野草正化作尘埃
费了半天，灭火救灾
幸有那棵老柏树，无奈

是什么魔咒
让一把火点燃一座山
点火的人，你问过山吗？

是什么魔咒
让一首歌火了赚亿千万
点歌的人，要谁去买单？

凡火的事物如烟

火了又熄灭，熄了又不甘

唯有清风，吹过一年又一年

劝

画看看就好
书读读就好
歌听听就好
艺术即生活
阳光，高于一切
也美于一切

表白

春光烂漫
白天微笑
夜晚思考

孤岛的世界
活成一只猫
极简即美好

山海高速

山海高速
把传说变成风景
五指山与海棠湾
把诗和远方了断

传说中的七仙岭
秘而不宣
蓝天下的海棠姑娘
笑而不语

美丽的海南岛
增添一个山与海的
新传说

注：2021年3月26日17时，山海高速全线通车！山海高速公路全长55.865千米，起点位于五指山市冲山镇，顺接G9811中线高速的五指山连接线，终点位于三亚市海棠区，与G98环岛高速在藤桥东河北侧交叉。双向4车道高速公路，设计速度100千米/小时。

无题

有时候
风花寄雪夜
即是诗

大多时候
把棉花当玫瑰
把爱情当婚姻

听奶奶说饭碗

奶奶说，立身之本
有一碗饭吃就好
出门在外，莫抢别人的饭碗

多年以后，端着自己的饭碗
想起奶奶说的话，有辛酸，也有心安
我以双手端好自己的饭碗为荣

浮生

1

选择简单的生活
不代表我没有资格
为他人谋取点什么

追求优越的生活
大多建立在别人
为你而作的嫁衣

2

选择朴素的语言
不代表我没有办法
用真情去打动人心

追求完美的语言
难免心口不一
为讨好别人的表演

3

人活一辈子
不辜负岁月无言
不辜负生命无价

作为一名律师诗人
我不想留下伟大的诗
只想记录人间的公正

心隐

我们未必久在樊笼
却为生活而忙碌
每天下班回家
端起一杯清茶读书
周末抛开所有
独自一人去看山水
把归隐放在心里
何尝不是另一种选择

在小镇上

给她一片叶，她依然是一棵孤独的树
给她一缕阳光，整个世界就变得美丽起来
生活也一样

幸福其实很简单

砌了一天的砖
卸了30吨的水泥
守了一夜的人
扫了50层的大楼

底层人的幸福很简单
无须花冤枉钱喝国窖1573
无须花大价钱去健身房
下班买瓶几元的二锅头
照样也解解乏困的一天

底层人，每一分钱都是血与汗
脱掉脏兮兮的外套，掏出来的
都是血与汗换来的干净钱

一个喝的国窖1573
一个喝的三元小酒
一个抽的百元云烟
一个抽的五元红梅

人与人幸福，也许

轻于金钱，远离攀比

根雕

树叶落了
树枝枯了
树皮脱了
也不曾听你说起

该走的走了
该飞的飞了
该灭的灭了
也不曾见你悲喜

有人说
你是有用的柴火
有人说
你是无用的灵魂

风雨飘摇
笑看红尘
活成一座根雕
死而复活地轮回

往日时光

再也回不到往日的时光，往日里
有爸爸严厉的目光，有妈妈深情的泪光
有儿时贪玩的伙伴
有漆树湾祖屋门前那老井、那老柏树
还有奶奶笑而不语、坐在木凳上的安详

从漆树湾到海口，从牛背到航船上
从小路到大海上，在得与失多与少
在高与低穷与富，我历经了岁月沧桑
人生苦旅的日子，把诗意留给彼此
沿着记忆的小路，回到心中的故乡

李文学

我的父亲
姓李名文学

抗美援朝老兵
后做石油工人
参加扫盲班学习
谈恋爱帮工友写信

我的父亲，用名字
照亮了我的诗歌梦

昆仑战士，我要更好地热爱祖国

——看"喀喇昆仑那场英勇战斗"视频有感

喀喇昆仑高原，千百年如此
辽阔天空，只容得下两个字
巍峨界碑，只装得下一颗心

为什么总有人甘愿
以鲜血染红昆仑的霞光
以生命丈量祖国的山河大海

一个天微微亮的早上，昆仑英雄与晨光同行
祁发宝、陈红军、陈祥榕、肖思远、王焯冉
在某一危急时刻，奋不顾身
一生留下两个字——不朽

生活

北岛写过一首诗
内容只有一个字：
网

如果让我来写
用一个字：
忍

两行

在沉默中保持尊严
在尊严中保持沉默

孤岛三章

1

如果生命是一场遇见
我会把遇见的所有，带回大海
在辽阔天空下，海枯石烂

2

在那不起眼的角落，有人向你走来
在匆匆走过的岁月，有人为你停留
在泥泞坎坷的小路，有人为你伸手

3

我是一座孤岛
孤岛的夜，把灵魂寻找
我要歌唱，我就是陆地

一棵树

一棵树在方寸之间
走啊走啊
从春天走向高处
从黑暗走向光明

它的一生
风餐露宿
披星戴月
永垂不朽

从头再来

风走雨停
小花凋落
小孩依偎着妈妈
端坐在律师面前

孩子问：叔叔
爸爸妈妈要离婚了
从头再来
那孩子呢？

人世间

阳光
沙滩
椰树
海里的鱼

被期待的
被疼爱的
也有无辜的
就像这俗世人间

再荒凉的旅途
也有姹紫嫣红

随想录

1. 朴实的笑容，来自干了一天又苦又累的活的工地大叔，二元买一瓶小酒，回到出租小屋，露出不经意的微笑。

2. 当年一起闯海的那几个兄弟，我在海之南边等你。

3. 当你无聊时，逗你开心；当你不开心时，朝着日出的方向，做你的守夜人。

4. 为官有大小，越大越觉得小。

5. 没有哪一个人不在死亡途中。

6. 再多的金钱，终究会在清明变成纸钱。

7. 名利如风，风光里必须有一颗谦卑之心。

8. 我相信有一种善良永远不会消失。

夜来香

夜晚来了
把白天的大门关上
眼睛累了
把电脑和手机关上

一个人泡杯苦丁茶
三人行举起小酒杯
让星光与大海对话
让黑夜与灵魂相依

心乱了，迷茫了
美好的夜晚就会来到
由夜来风抚摸你的额头
让夜来香伴着你共良宵

有一份惬意，在周末时光

立冬后的海南，感受不到一丝丝冬日的寒意。

周六早上，从海口白水塘出发，自驾来到陵水香水湾1号，在海上中国院子拜访建筑设计师某君。

看看大海，谈谈建筑与人，自由呼吸着海南香美的空气。喝茶小叙后，来到万宁的石梅人家——农家小院吃农家小菜，喝兴隆咖啡。

收割后的稻田里，小鸭们正快乐地觅食。我心飘荡起阵阵的稻花香。

上善若水

如果善良如江河
我愿是那一滴水
合江而行，恩泽万物

如果善良如树
我愿是那把黑土
奋不顾身，默默守护

如果善良如草叶
我愿是那缕清风
荡漾开来，轻声问候

在这冷暖自知的大世界
唯有善良之心熠熠生辉
在彼此之间泛起涟漪

阳光灿烂的日子

双脚下，那么苦的日子
都一步步攀走过

头顶上，那么高的皇冠
都一次次荣归你

高高的山峰上
最难识别的是浮云

闪亮的人生场
最怕的是手失去控制

理想国

一亩田
一条溪流
一间深山竹屋
过上极简的日子

一盏灯
一本书
一张木桌椅
与风花雪月无关

老诗人说

播种要播春风里
说话要讲真善美
喝酒要喝粮食酒
写诗要说心里话

在儋州，遇苏轼

中和镇，载酒堂
遇见苏东坡父子俩

那达镇，儋耳路
我在慕兰诗咖啡厅

短短三年的悲凉
清凉诗意儋州千古情

理发、香烟与房子

我不知道
理发前与理发后
哪一个我更接近真实

我不知道
红梅与中华的香味
哪种味道更利于健康

我不知道
租房和买房的选择
哪种方式容易成为房奴

不言语

吸烟，吸出夜的喧嚣
风吹在美俗路上

我看见路边
一只流浪狗
扶风而立

它把世间的残喘
吸入肺中

吹牛的风

如果没有雨雪的相随
再大的风也是吹牛的风
一吹而过……

小草

路边的小草
被人常踩在脚下

绝壁的小草
跟着风雨行天涯

重压下的小草
从石头缝里钻出来

我进入一片风景
直到忘记什么是优雅

秋之忆

秋日光里
落叶飘零

思考太轻
思念太沉

夕阳缓缓
波澜不起

种树记

椰子、百香果、芒果
买下果苗各两株
在妈妈的小菜园
种下这六棵果苗

每当我想妈妈的时候
都要来到这个小菜园
四年前妈妈也曾来过
说要种漆树湾的菜籽

这个小小的菜园啊
像我的心一样荒芜
留给我无尽的遗憾
种树，种下我心愿

椰子香就像妈妈的乳汁
百香果像妈妈煮的鸡蛋
结下的芒果就是我
给妈妈的供奉之果

初心

1

谁说金钱是罪恶的深渊
除非折断了梦想的翅膀
深陷其中，改变了初衷

谁说贫穷是不幸的地狱
除非放弃了自己的远方
自暴自弃，丧失了自我

2

把金钱放在自己的冰箱
收藏的价值便没了方向
留下遗憾与冷漠的目光

把金钱当作幸福的温度
在明媚阳光下温暖小草
让角落不再哭泣和悲伤

3

多少人为了跋涉的金山
最后堕落于牢笼的世界
多少人为了证明着什么
忘了来世界一趟的初心

作家杜光辉

1

杜哥说，作家就像农民
用文字，要精挑细选好种子
这还远远不够，唯有多读书
才可能见得文字的星空灿烂

杜哥说，好文如史诗
写作时，要寻找合适的土地
这还远远不够，唯有多深耕
才可能写出文字的人性光辉

2

杜哥说，吾会意
文字的星空总是那么灿烂
星星点点，不朽的文字
离不开生命的抚摸和关爱

关爱身边的人和事

包括人与人，人与自然之间
因为关爱，文字才有了土壤
因为关爱，文字才有了星空

　　注：2020年5月18日—19日，作家杜光辉从三亚
来海口，与诗人艾子、陈波来、黄辛力、彭桐等小
聚。粗茶淡饭，聊聊文学和生活，不失美好。

感恩

你看云的时候
真的很美

你看蓝天
依然是那么美

致诗人游天杰

你的杰作

与多少人喜欢你的作品

毫无关系

你的杰作

只关于你

秋月三章

1

你理解我的选择
把一切都淡忘了
却有恬淡的宁静

2

美丽的花朵
盛开在某个小镇上

一场暴风雨
改变不了万物初心

季节的颜色
在道法自然中闪耀

3

一缕清风

在两棵松树间

在迷人的寂静里

墓志铭

用奇特比喻，我最喜欢这句精彩格言：
这尊温柔的雕像，如水果般平淡无奇。

亲亲的海南

1

多少年了
我也喝着南渡江的水
常吃潭牛镇的文昌鸡
饿了去山林采摘野果
渴了去路边喝个老椰
累了去老爸茶坊歇息
海南，生活简朴

千百年来
有多少人过琼州海峡
你敞开海的怀抱
在这里一代又一代
耕种打渔，悠闲自得
海南，南海桃源

2

海南，我要说

我是你海角天涯的沦落人
我是你东郊椰林的一片叶
我是你五指山下的一株草
我是你海口湾边的一粒沙

海南，无论你贫穷还是发达
我要像椰子树那样在风雨中
把根扎入离海岸最近的沙滩
在碧海蓝天下结下果实累累
遇见你，于你是一下子
留下我，于我是一辈子

遐思迩想

翻滚的大海
沉默的高山

落叶的秋天
老树的故事

这一刻，如我
说不出的心情

寻觅

翻那么多座山
过那么多条河
读那么多的书
究竟为了什么?

走那么多的路
吃那么多的苦
揣那么多的钱
究竟为了谁呢?

活得太自私了
在自家的门前
种那么多的花
有几只小蜜蜂?

活得太不值了
受那么多教育
一颗无用之心
忘了生命之美

心眼

蓝蓝的天
眺望久了
就郁闷

纯真的爱
问答多了
就不安

有些事物
眼睛看过就好
有些事情
用心感受已足够

对了

金钱没有错
美人没有错

名利没有错
诗意没有错

白天没有错
黑夜没有错

不信再想想
究竟错什么?

孤独之诗

那山那水
那道法自然
自有诗意

那生那死
那悲欢离合
自有诗魂

那成那败
那情怀天下
自有诗性

那爱那恨
那真善之美
自有诗心

净土

一间小屋，水泥地面
一桌一椅，四白墙壁
一茶一猫，临窗而坐

置身某个角落，手捧
诗书，抵过所有繁花

提灯人

1

记得那年某个夜晚
我陪奶奶回漆树湾
奶奶说，孙儿子
走夜路要提好灯

三人行，走中间
五人行，莫打头
保持好前后的距离
注意老人小孩安全

2

十六岁那年
离开漆树湾出远门
走了多少的夜路
渐渐明白奶奶的真谛

多年以后

回忆起奶奶的一生
用心服务的一言一行
给予儿孙力量和希望
从未有过半句无病呻吟
从未见她哀叹自己的命运

3

提灯人，像奶奶那样
把苦和累踩在脚下
在黑暗中摸索中前行
她给儿孙以光明

做人做事如此
写字作文如此
我这样暗暗告诫自己
不需要征得别人同意

霞洞湖

霞洞湖
一个寄托村庄记忆的忏悔地
四十年前，它的名字叫水库
周边有农田，山坡上有椰林

霞洞村
一个城市之中典型的城中村
四十年后，它留下这座水库
楼房遍地开花，土地在缩小

霞洞村的湖
也许再过百年千年
它将还原成本来的模样
霞光满天鸟儿叽叽喳喳

身陷图圄后

白读书了，如今
还不如邻家的阿忆
脚踩三轮车，累了
去老爸茶坊歇歇脚
像富贵人一样品茶

小小说

美丽的谎言更易入耳
苦涩的良言更易入心

梦魇

身披金钱衣
脚跟万里云飞
抹不去"不仁"二字
天亮了

七月的晚风

七月天
将要收割的小麦大米
清凉夏日的甘甜瓜果
缺衣少粮的贫苦人家
在七月里开启快乐门

七月的晚风
吹拂着夏夜广场
七月不需要任何理由
有一天，你会像七月
放下曾经的执着和不舍

甜蜜的秘密
——律师办案笔记

你是我的远方
你是我的乞望
有时躲在云雾中
有时藏在羞红里
最近在心上

粉红色的长围巾
粉红色的花衣裳
在那黄昏的小山丘
我悄悄发现了
你正朝这片麦田那头的我守望
伪装着路过看风景的样子
就像我无数次偷偷望你一样

我心里的欢喜劲儿不能告诉你
但我已知道了
你的秘密
用一生来封存的秘密
封存的味道
那么的心儿阵阵发慌

又好像那么地不在意

后来，又一个后来
每一年的麦子收割的季节
我不是收割者
你也不是收割者
后来的后来
麦田上盖上了楼房
没有了麦田
你先走了
我也不知道你去了什么地方
从此以后再也不见守望

唯一一次收到你寄来的明信片
你写的那行字早已发黄
但我已刻在心里
"麦苗儿又青又绿了……"
叫我如何不想
为你守住那个秘密
也是我十八岁的秘密

久违的甜蜜

十八岁甜蜜的秘密

香草记

　　爷爷走得早，留下的几捆叶子烟，奶奶叫它香草。守寡六十载，它成了奶奶的灵魂伴侣。

——题记

1

二十八岁，1946年
失去大她二十岁的丈夫
身边围着年幼的三儿一女
几亩田地，几捆叶子烟
这生活怎么过？

守寡六十载
她拿起爷爷的烟杆
白日里辛勤地劳作
寂寞的夜点燃叶子
通过吸叶子烟的方式
在呛人的烟草味道中
让一切不顺心的事如烟
烟消云散

2

依稀记得，黄昏
奶奶抱着我，抽着香草
望着漆树湾的夜空
风托起一串串孤独的梦

七十八岁，1989年
从漆树湾到了重庆城
抽上了父亲常抽的红梅香烟
她说父亲纸烟的味道太淡
后来，抽得越来越少

我也曾为她买过香烟
抽出一支，给她点上
奶奶却笑而灿烂

3

八十八岁，1999年

她带着寂寞去见爷爷
或许，爷爷会说
香草美人，辛苦你了

奶奶的香草
一生的灵魂伴侣
消磨自己内心的
孤独和无奈

每逢清明，几十人的队伍
回到漆树湾，祭拜奶奶
这都是她的后代子孙们

叶子烟是一种抚慰
也是一种伤害
我曾数次想问奶奶
却又不敢

云南大象出游记

没什么好说的
就是逛逛吃吃喝喝
没什么好看的
就是走走停停玩玩

这次出巡不是显摆
世界越来越不好玩
小象掉进人设水沟
吃了点剩下的酒糟
走在坚硬的大街上
大象被堵在渣车前
还被无聊人取笑过

这次出来也想看看
关于气候变化谈判
关于大自然保护区
关于病毒防控风险
关于饿了该怎么办

这次出巡收获一二

无论向南还是向北

在云南这块土地上

至少，纯朴善良多

走走看看，也无妨

给青年诗人的一封信（代后记）

阿杰：

惠州一别，三月有余，现已入秋了，正是读诗写诗的好季节。昨日刚好写了一首秋日诗，共勉吧。

秋之忆

秋日光里
落叶飘零

思考太轻
思念太沉

夕阳缓缓
波澜不起

这样的诗，洋溢在我们心头的，绝非什么悲凉，随诗人的所见，借助想象的翅膀，天马行空般驰骋于碧空之上，获得一种励志冶情的美的感受。

我们因诗结缘，相识已有五年。我们同处中国南海，我们在琼州海峡的两岸，因热爱诗歌相识相知。虽然在年龄上，我们是两代人，但并不代表我们不能共拥一颗诗心，一颗真善美的心。你比平哥幸运，我在你这个年龄的时候，我们的祖国刚刚开始改革开放，在那特殊的时期，我为了生活而奔波，中断了诗歌梦多年，从四川到海南岛重新寻找自己的人生路，做执业律师至今。即使是现在，写诗也仅是工作之余。而你，在惠州西湖创办了光年文化公司和纯诗歌刊物《光年》，在诗歌的世界里，既做图书策划，又自己写作。我特别欣赏《光年》诗刊一直坚持"诗意、纯粹、创意、分享"的办刊理念，倡导"以光的速度传递诗意，照亮我们的日常生活"。是的，热爱生活根本，我们正因生活的不易，更要怀揣希望，把美好的诗意藏在心底，苦了就拿出来尝一尝，也只有诗歌能慰藉我们的心灵。

近年来，我已经在"光年文化"策划出版了《猫先生》《孤独之光》《海南走笔》三部诗集。因为你，平哥写诗变得不再孤独。特别是每一本书的改稿会、研讨会和首发式，你的团队都做得非常认真、负责、专业、到位。平哥非常感谢你。

在诗歌的写作道路上，你是一位有才华与真情的人，自己的志向，博大的胸襟，善良的心，乐于助人，正如惠州等地的许多诗友所说，你的身上散发着诗之光，干净、明亮，照耀着周围的人。

平哥欣喜地看到，目前为止，你已经出版了将近九部诗集，这份坚守十分不易。光年文化公司这几年来也发展得很快，从当初一个小小的办公室，到现在已经初具规模，为许多文友搭建了出书的桥梁，在业界有一定的影响力。平哥祝贺你！你为文化发展所做出的努力大家有目共睹，从本质上来说，你不是一个商人，你是诗人，因为你有诗人的那份善良，少了商人的那份精明。平哥对你的要求有两点：一是坚持写诗，二是坚持做出版。慢慢来，假以时日，一定会有突出的成绩。成大事者不拘小节，你是一个干大事的人，凡事不要着急，前途一定是光明的！

平哥希望能和你一起写诗写到老，争取每年出一两本书，坚持写下去，这将是一笔宝贵的财富。有诗歌做伴，足矣！人生在世，能有一份精神的寄托，是一种幸福；能出一些书留给人间，是一种幸福。你还年轻，不追求名利，写自己想写的东西，就是最好的。

今年六月在海南岛上，由我开办的海南正凯律师事务所和其他几家律师事务所发起的"海南省文学研究基地律师诗歌创作研究所"在海口举办了揭牌仪式，并得到了海南文学界领导、前辈和文友们的大力支持和帮助。因为疫情防控，你未能前来参加，有些遗憾。待今年年底前，我将"诗歌创作研究所"的活动场所建好后，邀请你来住上几天。今后，我们可以在这里分享诗歌与生活，让海南岛与惠州西湖的诗意融合在一起。你也能够认识更多的海南朋友。

我常到惠州参加文学活动和新书发布会，因此认识了不少惠州的文友。这是一座有温度、有信仰的城市。西湖之美，深深地烙印在我的心里；东坡之风，常洗涤我的灵魂。我十分喜爱惠州这座城市，喜欢苏东坡的"日啖荔枝三百颗，不辞长作岭南人"的豁达。每每来到惠州，我都十分乐意在西湖边上住上几晚，享受那千年古韵带来的盎然诗意；每每来到惠州，我都十分期待能与惠州文友畅聊诗歌，激发内心写诗的激情。而我从惠州返回海口时，总会有一个灵感的小巅峰。我甚至有个想法，余生写一本《惠州行》，专门记录我跟惠州的感情，当然，这份感情还需要时光的沉淀。

这次收入诗集《桃源诗篇》的作品，可以说是我前半生的人生与生活的"诗言志"。并且尽可能地减少诗歌语言上的种种修辞，把语言交给人间真情。如果说人生如四季，前半生是春夏，后半生就是秋冬。于我而言，刚刚步入秋天了。这本《桃源诗篇》将是我人生入秋的第一本诗集。

正如一位诗人在我的作品研讨会上感言："在吾平的诗歌中，尽管他的生活一波三折，我们看不到悲伤，他的诗歌充满了春天的气息，燃起了人们对生活的希冀。'牛儿头顶一汪蓝天／小鸟歇息在牛背上／飘荡着绿草的清香／看开了，花为谁开／看淡了，心花如海／何时不是春暖花开'，独特新颖的意象，令一幅诗情画意的人生画卷徐徐展开，读着读着，我们感悟着花开花落何尝不都是人生的美丽，春天的花香迎面扑来，心情与诗歌一起飞扬，用恬静与乐观的心态去看待周边的事与物，素颜美下绽放的诗意，处处充满了阳光与欢乐。"

近日，我看到你写的《我的诗歌视野》一文，特别注意到如下这段文字："读书写作给我提供了一个很好的视角，去思考和认识我们的处境和困难，让我不会随波逐流，从内在追寻生命的意义，去追求实事求是的人生。这也为我后来的创业打下了坚实的基础，让我不慕虚荣，从内到外保持轻松自如的状态，不被生活和俗世磨灭理想，坚定地走自己的路。"

自古以来，每逢秋天都会感到悲凉寂寥，我却认为秋天要胜过春天。你觉得呢？

祝佳作频出，事业有成！

平哥于海口·漆树湾书斋

2021年8月20日

注：这是作者写给诗人、出版人游天杰的一封信，作为本书后记收录于此。

图书在版编目（CIP）数据

桃源诗篇 / 吾平著.-- 武汉：长江文艺出版社，
2023.2
　　ISBN 978-7-5702-2625-2

　　Ⅰ. ①桃… Ⅱ. ①吾… Ⅲ. ①诗集－中国－当代
Ⅳ. ①I227

中国版本图书馆 CIP 数据核字（2022）第 054647 号

桃源诗篇
TAOYUAN SHIPIAN

责任编辑：胡　璇　　　　　　　责任校对：毛季慧
装帧设计：阅客·朱丽君　　　　责任印制：邱　莉　　王光兴

长江出版传媒　　长江文艺出版社

出版：
地址：武汉市雄楚大街 268 号　　　邮编：430070
发行：长江文艺出版社
http://www.cjlap.com
印刷：湖北恒泰印务有限公司

开本：880 毫米×1230 毫米　　1/32　　印张：4.375　　插页：4 页
版次：2023 年 2 月第 1 版　　　2023 年 2 月第 1 次印刷
行数：2712 行

定价：52.00 元